つれづれに酔って候

松村 恵子

文芸社

目　次

第二章　つれづれに生きて候…41

第一章　酔って候

常きげん

京都先斗町の料理屋、平成二十年の秋の夕刻、初めて入った客に初老の店主が『常きげん』をすすめてくれた。

「今日の仕事はつらかった、あとは♪」そんな思いを、そっと心でつぶやきながら盃に一杯の酒を飲む。

これは美味しい。また一杯飲む。「じょうきげん」になる。飲むごとに上機嫌になる。

つらかった仕事を忘れて、嫌なことを嬉しいことに変えて『常きげん』になる。

京都先斗町ではまずこの酒で酔う。

加賀の田園風景の「白水の井戸」から熟まれる『常きげん』は、霊峰白山を望む石川県のある酒造四代目当主の一句「八重菊や酒も　ほどよし　常きげん」と詠んだことに由来するという。

平成三十年の冬、一年ぶりに訪ねた料理屋に、昨年の秋には迎えてくれた寡黙な店主の姿がなかった。

初めて会う店主の上品な妻に『常きげん』をすすめてくれた店主の話をすると、にっこりとした笑顔で語り、そして涙ぐんだ。

子息がつくる京料理は相変わらず美味しくこの酒によくあう。

高瀬川にかかる柳を見ながら、ふと鴨長明の方丈記の一説を思い出す。

「ゆく河の流れは絶えずして、しかももとの水にあらず、よどみに浮かぶうたかたは、かつ消えかつ結びて、久しくとどまりたるためしなし。世の中にある人とすみかと、またかくのごとし」

寡黙な店主に話しかけてみる。

生と死が円環的に繋がるそんな空間に佇みながら、またこの街に酔いに来ようと思う。

高瀬川の流れ

じょうきげんになって、ふらふらと、木屋町通沿いの店灯りが揺れる高瀬川に佇んでいるとわたしに出会う。

祇園祭の人込みを離れ裏通りの骨董屋で見つけた砂時計を抱えジャズを聴いている。

祭りの鎮まった朝、ジャズ喫茶から出て人が歩いていない薄ら明るい街を歩いている。

二十代初めの頃のわたしに出会う。

人生には地図がないからと、高瀬川の水に道を問うている。

流れる水が応えている。道はある日、突然に開け地図が見えてくるかも知れない。

その時、どぎまぎしないように、心のなかの思いを確かめておこう。

流れていくものが時で、流されていくものが人であるとしたら秋にもなろう。秋の季節を歩く人にもなれるだろう。

どんなことも、きっと、これからの人生において必ず嬉しいことにつながるから、今は泣いたり笑ったりしながら、すべてを受け入れて生きる力になるといい。

生きる時の場を探して、選択の難しさに心折れての独り言に、高瀬川の水の流れは、その速さは、その主張しないゆったり感は丁度よかった。

隣を流れる鴨川の勢いでは涙も一緒に流れていくけれど、高瀬川の流れは、涙を沈めてその上を水がさらさら流れる。

重い心は浮いたり沈んだりして流れる。

高瀬川、時折々の人の心を受け入れ、夜の店灯りのにぎわいを映して、隠しきれないどろどろの人の想いをちらほらさせて、上澄みの清らかな心がゆったりと流れる。

このゆったり感に酔う。

船中八策

今宵、潔い切れ味の辛口、土佐の『船中八策』を盃に一杯いっぱい一気に飲む。

「はいか、いいえか、どちらでもないはいかんきにね」、どこからか先人の声が聴こえてくる。

迷っている時にはこの酒を飲む。また一杯飲む。そして強気で「はい」を選ぶ。前を向いて生きることに心が向かう。

「振り向くな　なげくな　後ろ向くな　前を見よう　夢は前にある」と『船中八策』から力強い語りかけの声がする。

「なんちゃあないけんど勇気だけはあるがやき」、月の光が流れ込んでくる。

光が流れるように、昨日から学び今日を生き明日へ希望をつなげよう。

明治新政府の在り方について、坂本龍馬が船中で考えた策に由来するというこの酒は、こんまいことでくよくよすることとは異なる次元で、生きることの意味を問いかけているのかも知れない。

何が起きてもひるまずたじろがず、強く思う意志と行動力でこの世を生きてみよう。

この「みよう」が迷ったら、また『船中八策』を盃に一杯いっぱい飲むことにしよう。

天狗舞

博多の街、空港に向かう朝、タクシーの窓から見える通りの片隅で、雨に濡れしょんぼりしているような疲れているような屋台に出会う。

『天狗舞』をこの屋台にしょうしょう飲ませてあげたい。細身で長い黒髪の二十代の頃、「お酒は飲めますか」とよく尋ねられ、そのたび「しょうしょう」と応えてきた。

ある日、幾らでも飲んでいると「しょうしょうではないですね」と云われ、「はい二升ぐらいです」と応えたらびっくりされたことがある。

六十代になった今、もう一升ぐらいしか飲めないが、しょんぼりする時もある。

そんな時には石川県の酒、山廃仕込みの『天狗舞』をぬるい燗で盃に一杯ゆっくりと噛むように飲む。疲れてしょんぼりしている心身に浸透するようにゆっくりと飲む。

盃に一杯、また一杯飲む。背中をポンと押してくれる何かがある。

「そうそれでいい頑張らなくていいこのままで」と囁いてくれるので自信を持ってしまい天狗のようになってしまう。

自然界に存在する乳酸を利用する山廃仕込みは、人が自然と共生し楽しくなるように、手間暇かけてゆっくりと、辛く厳しいはないことにしたと「天狗」の声が聞こえてきそうである。

盃一杯の酒一つ二つとゆっくり飲むと、どこからともなく笑い声が聞こえ、三つと飲むとさらに大きな声で笑い、こちらが笑い返すと、前にもまして大声で笑う。

「天狗笑い」という山神が住む地が日本にあるらしい。

しょんぼりしていること疲れていること忘れて天狗になって舞う。ありのままの自然体で笑えてくるこの酒は旨い。

くどき上手

まろやかな香り豊か。山形県に、ほのかに甘味を湛えた繊細で可憐な味わいが絶妙な『くどき上手』という酒がある。

産まれてこの方、くどかれたこともくどいたこともないと話しながら、仙台の街で、雪が下から舞い上がり凍える冬、盃に一杯もう一杯飲むと弾んだ甘い気持ちになる。

あたたかくなって人に優しくなる。

冬枯れの野が好き、冷えきった街の風が好き、人間のほんの少しの言葉がとても暖かく響くから。

人を好きでいようと思う。人の心に酔うようにこの酒に酔う。

不思議な酒の『くどき上手』という名は、戦国時代に大きな勢力を持つ武将になった人物の生き方に由来するらしい。敵味方、貧富、何人も問わず、等しく誠心誠意で人の心をとかすようにくどく。そんな意味が込められているらしい。

盃に一杯また一杯飲み交わしながら、「くどかれくどき上手」になろうと思う。

古都

この酒の風味こそ京都の味と、川端康成が桑原武夫に『古都』という酒を知っているかと尋ねたという。

知らないと答えたら、この酒を飲ませようと、寒い冬の夜に歩いて買ってきたらしい。

京都の街を『古都』の空瓶かかえ、ほろ酔い加減で立ち止まって風の声に出会う。

八月十六日、京都五山の送り火、闇のなか「大文字」を見て「妙法」を見て、嵐山の渡月橋欄干にもたれて「霊」に会う。

空瓶を抱えている姿に「この世は夢幻なり、うたかたのごとし」と声をかけられて「ああ、そうね」と応えてみたりする。

ちょっと面白い約一時間、冬のような夏の盆に酔う。

京都の街はずれは静かであれこれと思いはひとり歩きする。夏の光を受けて詩仙堂の庭に咲いた白い睡蓮に心うつした日。

遠い昔のわたしにも出会う。


住まいではぬか床を捏ねる。きゅうり、なす、にんじん、しょうが、何でも漬けておくと肴になる。

『古都』の空瓶かかえた姿も霊になる。

文佳人

夏の真ん中の頃、大きな樹の下の椅子に座って茜色に染まった夕焼けを見ながら『文佳人』を飲む。傍には大きな切り出しの氷と酒を桶に入れて、街の灯りを見ながら星空を見ながら、ワイングラスで飲む。

無濾過にこだわるみずみずしい香りの『文佳人』は、土佐藩執政の野中兼山の娘で、お椀さんと呼ばれた女性に由来し、大原富枝の小説「婉という女」は映画化されている。

蔵の二代目当主が、手紙・文・詩歌と広く学問に秀で教養にあふれた美人のお椀さんを称え、銘柄に文の佳人をあてたといわれる。

夏の朝、「まっこと土佐のはちきんやね、文佳人はおいしいき」お椀さんに話しかけられたよう。

はちきんは、ワイングラスで『文佳人』を飲み時々ワインも飲む。住まいのワインセラーには、イタリアとスペインの赤ワインを数本、ハンガリー、キプロス、ドイツ、チリ、ポルトガルのワインを幾つか並べている。

そんな生活をしているわたしに酔う。

白ワインで賑わう宴の人に酔う。笑い声、あなたの明るい話に酔う。

芳水

徳島県三好市池田町、南に剣山山系、北に阿讃山脈を望む盆地で、ほんのつかの間のひととき風が凪いで心が穏やかに和んでくることがある。

この町には『芳水』という酒がある。やや辛口に酸味のすっきり感が煮込み料理によく合う。

この酒は、十一月、錦秋の季節に住まいで飲む。昆布だしの鍋に、椎茸、人参、大根、鶏肉を昨日に煮込んでおいて今日の肴で酒を飲む。

酒が旨い、煮込み具合も旨いと褒めると気持ちが和んで心の天秤がにこにこ、プラスとマイナスの思いが揺れて、獲得と喪失が仲良くしていたりする。

遠い昔、二十代の頃、立原正秋の絶筆「その年の冬」に刻まれていた「正伝寺の山門をくぐると風が死んでいた」という文脈に揺さぶられて、京都の正伝寺の山門をくぐったことがある。

風がどうだったのか記憶は定かではないが、六十歳になって再び訪ねた十一月、正伝寺の山門をくぐって樹齢を重ねた木々を仰ぎながら坂道を登る、風を感じない。寺のもみじは、緋色と黄色と橙色と緑色、オーケストラを奏で一つとして動かない。風は凪いで、そして生きている。

人生の所々の分岐を越えながら何かを拾い何かを捨ててきた。振り返れば、背負った荷が重い時も軽い時もあり、今はちょうどよい荷を背負っているような気がしている。

『芳水』という酒は、遠い昔と今日と明日を想いしんみりと飲むのが旨い。

凱　陣

春、田んぼに囲まれた道路を歩く。仕事に向かう三月の朝、カラスが真新しいブルーの洗濯ばさみを銜えて飛んでいる。

そんな光景に突然出会う。どうしたものかと唖然とし、にんまりとする。遊んでいるのか、洗濯を手伝ったご褒美でもらったのか、何に使いたいのか、カラスと話してみないとわからない。

香川県琴平町で『悦凱陣』という酒が造られている。幕末の頃、この小さな酒蔵の中に高杉晋作や桂小五郎が潜伏していたらしい。

事実かどうかは彼らたちに尋ねてみないとわからない。

辛口が旨いと盃のなかで悦んでいるこの酒は、三月初春の季節に住まいで飲む。野の土筆を集めて袴を取ってさっと湯がいた後、しょうゆ、わさび、すり胡麻で味付け肴にして盃一杯ゆったりと飲む。

カラスにでもなったような気がしてきて、また野に出かけ蕗の薹を三つ四つ採ってきて天ぷらにし肴で飲む。

「人は昔々、鳥だったのかもしれないね♪」そんな思いを口ずさみながら、春の山菜を愛でゆったりと飲む。

『悦凱陣』という酒は、春が訪れ悦び嬉しい気がする、カラスもちょっと面白いことをする、三月初めの季節によく合う。

杣の天狗

秋の終わりに、余呉湖に映る賤ヶ岳に会う、ただそれだけの旅で夢を追いかけています。移り変わる時を楽しみながら。

二十九歳の春、滋賀の大津から京都北白川通まで、山中越えの道路わきに白く深い雪が残り、比叡辺りでは可愛い猿たちが遊んでいて、あなたは愛車のクラウンを止め暫し見入っていました。
今もあなたのまなざしはやさしく笑っているでしょうか。秋が深まってきたらピアノのコンサートに行ってみませんか。それから、カウンター席に並んで座って、琥珀色したブランデーのグラス越しにみつめあえるといいですね。

賤ヶ岳から吹いてくる風に揺らぐ余呉湖の水にそっと語りかけてみる。そして、うすにごり生原酒『杣の天狗』の上澄みをシャンパングラスで飲む。心地よい時が拡がる余韻を楽しむ。

滋賀県琵琶湖湖畔の蔵元では、濃醇旨口の酒にこだわる昔ながらの蔵付き酵母の山廃造りで、全国でも珍しい木槽を用いた天秤しぼりを行う。数日かけてゆっくり搾られた不老泉『杣の天狗』は、さらに年月を重ね蔵熟成するまで待つという。

手間暇かけて待つ時を経て旨みに変えているという。

時をかけてゆっくり発酵させたモロミを天秤しぼりのこの酒は、栓を開けて時間がたつと少しずつ味が変化してくる。

どのように変わってくるのか、心躍らせてただ待つだけのこと。『杣の天狗』を飲みながら待っていると移ろう心の傍にゆっくりと留まっている心に出会う。

人生は愛を刻む旅なり。夢想のなかで生きることと、現実を暮らすこと、夢想と現実が曖昧に交じる夢幻を愛すること、人に焦がれること、自然なことと思う。

上善如水

高知山間の谷川の流れを十五年、大阪淀川の流れを十四年、東京荒川の流れを十六年見て暮らし、香川に移り住み十九年になる。

古代中国の哲学者老子は「上善は水のごとし、水は万物を利して争わず、衆人の恵む所に処る。」として、あるがまま自然に流れるように生きることを説いている。

十代初めの頃、木々の下生い茂る山草を愛でて道なき山をよく一人で歩いた。切り株に腰かけて若山牧水の「白鳥は哀しからずや空の青　海のあをにも染まずただよふ」を好んで口ずさんだ。山野を吹く風の音、谷川を流れる水辺を蟹が歩く音、苔むす倒れた老木や地を這うシダたち、春には一人静がひっそりと咲き、秋には青紫色鮮やかに山竜胆が咲く、自然界が心地よく仙人になったような風貌で歩き詠い話し、生きることの意味を問いかけてきた。

二十代の頃、人と人の思いが行きかう人間界で心地よく呼吸することを、生きる術を、満員電車の中で探していた。

『上善如水』という酒に初めて出会ったのは、しょうしょうは飲める三十代の半ば頃、新宿下落合の寿司屋だった。幾ら飲んでも仲間たちと楽しい。酒が旨いというよりもお寿司が美味しいという不思議な出会いだった。

千鳥ケ淵の桜のもと仲間たちと飲んだ時も酒よりも桜に酔った。

『上善如水』の酒造では「どんな料理、季節にも楽しめる水のようにピュアな日本酒」と紹介している。

この酒は、どんな時を生きているのか、この「時の人の心」ありのままを一番大切にしてくれるのかも知れない。

四十代、五十代の頃、自然で自由な心ありのままになれない日、夢追い人でいられない日、イライラする情けない思いは『上善如水』という酒で流した。

谷川、湖、大海など、多様に変化し適応し水のような柔軟な心になって感情が自然に流れるように、世の中のことに和やかに交われるようになるまで、この酒を一升は飲んだ。

二十三やの柘植櫛ひとつ懐に入れ「世の中の心のもつれ　とけよとぞ　御さばきたまえ　神のつげくし」紀貫之。酒に酔う。

六十代の今、若山牧水の「白玉の歯にしみとおる秋の世の　酒はしずかに飲むべかりけり」の境涯がしっくりくる齢を迎えた。

愛と夢と希望とロマンを大切に、この心になるまで飲む酒は、今では二合ぐらいで丁度となった。

昨日を振り返り今日を生き明日を想い、ほんわかと酔って候。

幸せのちから

一本のイチョウの木がゆったりとひろがる家に住むおばあさんは、八十歳ぐらいで、縁側に三つの座布団を敷いて真ん中に座り、両隣には愛猫がいる。左側には、笑わないと決めたような凛々しい面立ちのガリレオと呼ばれる猫が座る。右側には、ふにゃっとした愛らしい風貌のチイチャンと呼ばれる猫が座る。

おばあさんの家の真向かいには、青い芝生が光に輝く庭の真ん中に白いパラソルを立て、大理石の椅子に座って珈琲を飲む八十歳ぐらいの紳士らしき人がいる。

おばあさんには、ふっくらした愛猫を片手でひょいと抱きあげる幸せの力がある。
紳士らしき人には、片手で珈琲カップを持つ幸せの力がある。
父と子の実話に基づいた「幸せのちから」という映画を見たことがある。

幸運の女神に見離され、すべてを失いかけたクリス・ガードナーが、唯一断固として手離すことを拒んだのは、愛するひとり息子だった。
この映画は、サンフランシスコの片隅でホームレス暮らしにまで追いつめられた父と子が、どんな困難や逆境にもめげることなく、しっかり心を寄せ合い、夢と真の幸せをつかもうと全力疾走する姿を描く、愛と希望に満ちた真実の物語である。

「幸せのちから」の実話に心動かされたウィル・スミスは、「やる気と決断力があれば誰だって自分の人生を創りあげることができる。人はごく自然にこんな問いかけを自分に向かってしたくなる」と云った。

あきらめないで、生きてみようと思う。

問いかけ続けていたら、やる気や決断力に繋がる「幸せのちから」が産まれてくるかも知れない。

料金受取人払郵便

新宿局承認

1409

差出有効期間
2021年6月
30日まで
（切手不要）

郵便はがき

1 6 0-8 7 9 1

141

東京都新宿区新宿1－10－1

（株）文芸社

愛読者カード係 行

ふりがな お名前		明治 大正 昭和 平成	年生
ふりがな ご住所	□□□-□□□□		性別 男・女
お電話 番 号	（書籍ご注文の際に必要です）	ご職業	
E-mail			
ご購読雑誌（複数可）		ご購読新聞	新聞

最近読んでおもしろかった本や今後、とりあげてほしいテーマをお教えください。

ご自分の研究成果や経験、お考え等を出版してみたいというお気持ちはありますか。

ある　　ない　　内容・テーマ（　　　　）

現在完成した作品をお持ちですか。

ある　　ない　　ジャンル・原稿量（　　　　）

名					
買上 店	都道 府県	市区 郡	書店名		書店
			ご購入日	年	月 日

書をどこでお知りになりましたか?
1.書店店頭　2.知人にすすめられて　3.インターネット(サイト名　　　　)
4.DMハガキ　5.広告、記事を見て(新聞、雑誌名　　　　)

の質問に関連して、ご購入の決め手となったのは?
1.タイトル　2.著者　3.内容　4.カバーデザイン　5.帯
その他ご自由にお書きください。

(　　　　)


書についてのご意見、ご感想をお聞かせください。

内容について

カバー、タイトル、帯について

弊社Webサイトからもご意見、ご感想をお寄せいただけます。


協力ありがとうございました。

お寄せいただいたご意見、ご感想は新聞広告等で匿名にて使わせていただくことがあります。

お客様の個人情報は、小社からの連絡のみに使用します。社外に提供することは一切ありません。


書籍のご注文は、お近くの書店または、ブックサービス(0120-29-9625)、セブンネットショッピング(http://7net.omni7.jp/)にお申し込み下さい。

第二章　つれづれに生きて候

想うだけの愛

愛するって
そんなに難しいことではないわ
ただひたむきに想えばいいの
でも愛って
どういうものかを知ろうとすると
これはきっと難しいこと
どれだけ愛しているか
どこまで愛していけるか
そして愛されているのか

だから、問わないことにした。気楽にきままに愛していると想うだけのことにした。

葉桜の一枚に隠れた
ひとひらの花びらをたずねていこう
忘れてしまうには
あまりにもかなしいから
満開の桜色に染まった愛を秘めて
葉桜の一枚に隠れた
ひとひらの花びらをたずねていこう
いつも想ってばかりいると
昨夜夢をみました

あなたの笑顔と手のぬくもりと声に
とてもやさしい気持ちになりました
夢のなかで
あなたのまなざしは
明日を約束して
あなたの生き方は愛を伝えて
産まれてきたことの喜びを
生きていくことの嬉しさを
教えてくれました

だから、心だけはいつでも自由だから、葉桜の一枚に隠れてなどいない花びらを捜し、面白いことを想うだけのことにした。

花のせぬひま

十一月に入って咲き始めた生垣の山茶花は薄桃色に咲いて、山茶花から寒椿に、梅に桃に桜になり、時は流れ、咲く花は季節の移ろいを知らせてくれる。

「花が散り時間がすぎていくのはあわれである。時間の向こうの空間がみえなければとても生きていられない」と云った人が、「よく晴れた日、青い空に浮かぶ雲が動くと永遠がみえる」と云ったこともある。

時間の向こうに空間はみえるのか
雲が動くと永遠が何故みえるのか

よくわからないが
その想いは
人の生き方に関わっているように思う

それは目に見える形ではないのかも知れない。見えない形で、見えないところで長い時間、時の流れをじっとみつめている。見えている動いているときよりも、もっともっと深い内部で生きる力が醸成され蓄えられ育っている。

春夏秋冬、昨日今日明日、ずっとつながっている。人の心も喜怒哀楽もずっとつながっている。
一瞬一瞬とつなぎ人の一生となる。

世阿弥は、「せぬひまが面白き」という言葉で、「このつながりの心は気配として微塵も表に現れてはならぬ。わが心をわれにも意識させてはならぬ」と世に伝えている。

もしかしたら、時間の向こうの空間は、よく晴れた日の永遠は「せぬひま」の時にみえるのかも知れない。

すいかずらという花がある。漢字で「忍冬」と書いたりする。

すいかずらは冬の季節、寒い木枯らしのなか自然の時を待つように、冬を耐え忍ぶように緑の葉っぱを茂らせ続ける。春の季節に蔓をどんどん伸ばし、楕円形の葉っぱを左右対称に茂らせる。

そして初夏を迎えると、葉っぱの間からようやく可憐な白い花を咲かせる。ほんのりと甘い香りに包まれた小さな花を二つ並んで咲かせる。花びらは、上と下、二つに分かれ、夏の季節から秋の初め頃まで時間がたつにつれて白色から黄色に移り変わる。

すいかずらは、この自然の時の流れにひっそりと籠りの姿勢を保ち、人間に何かを伝えようと楽しんでいるように思える。

世阿弥の「せぬひま」という言葉を、すいかずらの在りようは思いださせてくれる。

見えるところではなく、見えないところで根を張って生きる。

そういう何もないように過ぎる時、じっとしている時間は「せぬひま」の面白さなのかも知れない。生きている時の大切な時間なのかも知れない。

ひとり芝居

東山辺りから
今日も朝が降りてくる
その
うっすらとしらみかけた空間を
ゆるやかな生命の輝きが流れてゆく

京都は。
粉雪が北風に舞う京都は、隅から隅まで冬が訪れていた。
白川通の街路樹は、裸木になって北風を通し、道路脇ではプラタナスのかすかな残像が、呼吸も途切れ途切れにひそかに重なり合って、美しい音律を放ち、かえってゆこうとしていた。

白い雪はひたすらかける額の上で熱くとけてゆき、破壊されてゆく音がますます大きくなって聴こえてくる。

ひとつの夢は叶い、もうひとつの夢がその跡を追いかけてやってくる。


第6スタジオを出るとエレベーターの前は台本を片手にした若い女性の華やいだ声と溜息がさんざめいていた。

思わず足を止めてみたものの、ここから逃げ出したくなって、足早にエレベーターの前を素通りし、階段を一段一段と降りて行った。

幾度となく走り込んだエレベーターが自分とはかけ離れた遠いところにあることをあらためて意識した。

ビルディングの自動ドアも自分とは無縁のもののように思われた。手で開ける格子戸のあの重たい感覚が愛おしく思えた。

十二月に入った街の風は、冬の厳しさをひきつれて容赦なく吹き荒れていた。コートの襟をたててまっすぐ歩いた。

まっすぐ歩く、そう歩くしか自分にはないのだと云いきかせて歩いた。

歩いてゆけることが一番大切な財産だと思う。ドン・キホーテでいいのだと思う。かすり傷をこしらえ、足に豆をつくりながら歩きつづける。ときには暗闇のなか懐中電灯を片手に失ったものを捜し求める。自分の肌ですべてを確かめ、試行錯誤のなかで得た智恵こそ人間を豊かにしてくれる。

自分が生きていることを情熱的に表現できる生き方をしたいと、夢中になって探しつづけた二十歳のあの頃。自分の生き方ばかりを考えていたあの頃。

そんなあの頃の光景を白い雪は甦らせながら、ひたすらかける額の上で熱くとけてゆき、ひとり芝居は終わった。

ひとりよがり

「今日、君をよんだのは他でもない。今度の記念公演『ひとつの夢』の主人公『志乃』は君に決定した。君の意向を聞いてからだったが、君もやってくれるだろうと思って、すでに内部の者には伝えてある。」

村田の言葉は続いた。

「今度の記念公演は僕が脚本を書いた。正直に云うが僕は君に惚れていたらしい。脚本が完成したあの一瞬の感動の中に君の笑顔が僕の頭の中を流れていた。その流れを僕はじーと眺めながら、やはり『惚れている』と自問自答し確かめた。最初から君を想い、君のイメージを『ひとつの夢』の主人公

『志乃』に重ねてきた。

僕の個人的感情はぬきにして、伊藤先生や西田先生などの推薦もあり、昨日の全体会議で決定したことだ。君は舞台に立ちこれから役者としての歩みが始まる。」

わたしは顔を伏せた。まっすぐな視線を向けて話すことなどできなかった。何故なら、わたしのひとり芝居だったのだから。


『志乃』役は辞退させてください。

わたしは本当にバカな人間です。そして一生懸命に教えてくださった先生に対してお応えできない非常識な人間です。

けれども是非聞いてください。十九歳の秋、自分が生きているということが恐ろしくなった頃がありました。死んだら何が残るのだろう。

自分は今生きて動いていても、死んでしまったらもう何もできなくなる。生きている時間をどう生きたらいいのだろう。

こんな時、出会った一冊の本のある頁に、

人生とは結局自己表現ではないだろうか。情熱的に自己を表現した人は情熱的な人生を歩んだと断定してもよいだろう。この人間という真実から表現を除けば何が残るか。表現、表現、必然性の表現、已むにやまれぬ表現。

という文章がありました。
この出会いはどう生きるかということについてのヒントを与えてくれました。

情熱的に自己を表現するということについて、人間の命を生きてゆくということについて、まず自分らしい表現方法を探すこと、その場と時がみつかれば最も自分らしい自分と遭遇できるのではないだろうかと。そして、考えて考えて選んだ道が演劇でした。

演劇が最も自分らしい自分を発見できる自己表現の方法であるとかないとか考える余裕はありませんでした。

ただもう暗中模索のなかで、「もっと生きたい」という生への希望を明確にすることによって自分を救い出したかったのです。演劇は自分のための選択だったのです。

二十歳の春、なんとか劇団に入団して先生の指導のもと稽古を続けてきました。ひとつひとつの文脈に込められた人の思いは何か、どのようにに伝えられるか、声はどのように響くのか、感情の流れはどのように動くのか。

それは主人公に選ばれることではなく、演劇が自分らしい自分を表現する方法を教えてくれると信じたからでした。

昨日、第6スタジオでのひとり芝居が終わった時、審査委員の先生達の拍手が響いてきました。

その響きは、観衆の拍手の音に変わり、遠くから聴こえてきました。その拍手の音が少しずつ段々とわたしのなかに浸透し大きく拡がってゆくのを感じました。

大きくなる拡がりは果てしなく続いていました。形のない拡がりでした。

生きているということへの畏敬、愛、希望、夢、喜怒哀楽、そして恐れも、なんでもかんでも共存し自然に孕んでいて、どこまでも拡がっていました。

それは不安があるから安心がある、光があるから影があるという現象をすんなりと受け入れている自分らしい自分に出会えたわたしの形でした。
わたしは自分のためにだけ稽古していたのです。
ひとり芝居だったのです。

愛のかたち

村田は、終始うつむきかげんだった顔をあげ「君、これからの予定は」と聞いてきた。

咄嗟に「予定は何も」と応えていた。

村田は渋い表情に無理に笑顔を浮かべながら思い切ったように云った。

「そうか、じゃあ今日の仕事はもう終わりにして、神戸辺りに行ってみようか」

うなずくだけのわたしを後にして、村田の足は愛車へと向かっていた。

六甲山から神戸の夜景をまっすぐに見て、村田は云った。

「君の人生だ。君の思うように生きるがいい。君のその限りない可能性を秘めているところに、僕は魅力を感じている。しかし、君はひとつだけ大事なことを忘れている。それは君があんなに一生懸命の稽古を重ね、主人公という栄光をつかむに至ったこの事実に対する責任だ。君はこの責任ということについて考えたことがあるのか。君は自分のことばかりを考えているのではないだろうか。僕は君に要求する。この事実に対する責任をとることを。つまり、『ひとつの夢』の主人公を演じきってから、君の決めた道を進んでゆくことだ。君はまだ学生だ。しかし劇団のメンバーである君は、ひとつの社会集団の一員でもあるはずだ。そういった意味で責任をとる必要がある。

主人公を演じる君の生き方は、もしかしたら、誰かに何かを伝えることができるかもしれない。」

村田の横顔に垣間見える大きな黒い瞳が潤んでいた。

「わたしはこの人が好きなのかも知れない」という思いを六甲山の暗闇に隠した。

村田の愛車、赤いトヨタ２０００ＧＴは、神戸の街によく似合うと思った。

二十二歳の二月、『ひとつの夢』の主人公を演じ終えて、舞台に背を向けて歩き出した時、「自分らしい自分に出会う」というひとつの夢が叶ったと思った。

その日、劇団事務所では手垢のついた一冊の台本を手にたばこをふかしながら、うしろ姿を見送るひとりの男の愛のかたちがあった。

旅人なり
いずこに行くか
山桜のなかを去るというか
紅葉のなかを去るというか
ともに夢想のなかを歩むに
君はどこに行こうとしているのか

手紙

手紙を読み終えると、何故か、シューベルトのピアノソナタ第十八番「幻想」の第一楽章を思い出した。

音楽は豊かなる宝を
されど
さらに頼もしき希望を埋めぬ

三十一歳でこの世を去った短い生涯の墓碑である。シューベルトが残した「幻想」は、心のつぶやきを音符に込めたような、自らのためにだけ残したような、そんな気がして、自分のためにだけ舞台稽古をしていた頃を思い出すようでしまい込んでいた。

再び聴くことはないだろうと整理しておいた段ボール箱を開け、ていねいにレコードを取り出し針をおろした。

「幻想」の第一楽章が流れる部屋で、あたたかい珈琲にブランデーを少しおとしてソファに座り、もう一度手紙を読んだ。

人を愛していることを忘れようとして忘れられないことに気づき、忘れないことにしたと書いている。

どうして何を思い煩いわたしは異国に来てしまったのでしょう。

日本を離れて数か月と経たないのに、こうして手紙を書いていると、もう何年間もここでの生活をしているような錯覚に見舞われています。新しい道を歩き始めている自分を意識し不安を感じています。

新しい分野に挑戦する人生を選択した時、今ある自分という存在だけを頼りにすべてのことに区切りをつけてゆきたいと思ったものでした。留学というひとつの選択は、失うものがあることを自分に言いきかせ、繰り返し繰り返し「それでいいのか」と自問自答したものです。

失うなにものかを認め、何かを見つけようとした人生、それは多くの書物からの人生論、人間関係から考えた人生哲学、そこからの発想、選択ではなかったことにあらためて気づいています。

日本での日々の中に伸一さんの存在が、わたしのすべてを支配しつづけていたことに気づいています。

それは、伸一さんと出会った瞬間からいだきつづけてきた夢を追い、夢を問う生き方をしてきたからかも知れません。

ここに集まった仲間たちは、専門分野における先駆的な医療について情熱的に語り、内臓外科手術領域における新しい技術の開発、その夢を実現しようと歩みだした喜びを分かちあう研鑽の日々に活気が満ちています。わたしはといえばその類に入らない自分を知っています。

ではなぜ、何故にこの異国の地にいるのでしょう。

書きたいことはいっぱいあります。いっぱいありすぎて何をどのように話したらよいのか迷っています。あれこれと迷い考えてみても仲一さんのことが忘れられないのです。時計のカレンダーが日付を変えるように、日本を離れてきても仲一さんへの想いを断ち切ることができないのです。覚えていることと思います。

仲一さんには奥さまが、そして五歳になる可愛い坊やもいます。仲一さんと奥さまはお見合い結婚をされたようです。

「結婚」という社会的容認を前にして、「奥さま」という言葉の響きを耳にして、伸一さんの家庭を破壊し何かを犠牲にしてまで、わたしの愛を表現することなど到底できませんでした。

だから、だからこそ区切りをつけようと思ったのです。

観念的に思ったのです。区切りをつけるということがどういうことなのかもわからないまま、自分の感情は理性的に割り切って処置できると思ったのです。

わたしはただ生きてゆかなければ、建設的に前向きの姿勢で生きてゆかねばならないと思ったのです。

そう思い始めたころ、第2外科の東山教授からチューリッヒ大学への留学の話は、初めての異国で離れた所から伸一さんの存在を考える丁度良い機会だと思ったのです。

ここに来て六か月、何をするにしても一生懸命でした。かつての人生でここまでがむしゃらに生きた時間はなかったと思います。

ある日、指導教授がわたしに「一体何を忘れようとしているんだね」と、そして「無理をしてはいけない、楽に生きていきなさい、君にはそう云いたい、君は自分の何かを犠牲にしながら生きているように見える。もう少し楽でいい、もし忘れたいことがあったとしても無理に忘れなくてもいい」と。

温かい陽ざしを受けながら、入院している子ども達が遊んでいる公園のベンチに腰かけて話して下さったのです。

この日、わたしはオレンジを二個買いました。伸一さんの好きなオレンジです。

伸一さんのもとを離れてみて、日本にいるときには気づかなかった伸一さんへの愛がどのようなものか、これからどのように生きたいのか、わかりかけてきました。留学してきたことで、どのようなわたしの人生を生きてゆきたいのか、見えてきたような気がしています。

愛しているからこそ、この道を選べたのではないかと思います。

それは愛していることを忘れること、愛することをやめることではないのだと思います。

伸一さんに一歩でも近づける人間に成長したいという気持ちで今はいっぱいです。

毎日手術をしています、緊張の連続で相当厳しいカリキュラムです。研究をすすめる日々は睡眠時間を削る生活です。

けれども愛する人がいるからこそ、この日々を乗り越え、この道を歩み続けられます。

三年前の六月、伸一さんに連れられて初めて行った京都洛北の詩仙堂の紫陽花が咲く庭で「ししおどし」の響く音に心が和みました。これが原点だったことにあらためて気づきました。

これから先、わたしがどういう人生を歩んでいくのか、そして伸一さんがどういう人生を歩んでいくのかわかりません。いずれにしても、仲一さんを愛していることにしました。夢を追いかけてゆくことにしました。

五木寛之の「冬のひまわり」の一行を覚えていますか。

人を愛するということと、人と生活するということはちがうことのような気がする。

今すんなりと、そう思っています。

人を愛していることを忘れようとして忘れられないことに気づき忘れないことにしたという。

愛する人に一歩でも近づけるように歩くこと、それがわたしの生き方と手紙は伝えてきた。

愛子が日本を離れた三月のあの日がしずかに甦ってくる。

その光景は、高木伸一医師の立ち姿をくっきりと映し出し、その周辺にいた人たちは誰だったのか、定かでない記憶がうろうろしている。定かでない記憶のなか「幻想」の第一楽章は流れ黒い影が大きくなってくる。

その黒い影は二十二歳のわたしにまっすぐな視線を向けて「君に惚れている」と、短い言葉を伝えてきた村田和彦の潤んだ大きな瞳を思い出させてしまう。

今はもう思い出

移りゆく時の中に静かに流れ
手をのばしてもとどかない
今はもう
二十代の頃のことと思う
思い出してはわたしに出会い
恋しい人の面影に出会う

人と人の出会いは一期一会だから、あなたとはもう会えないのかも知れません。

けれども人の出会いには、縁のようなものがあって、もしかしたら再び会えるかも知れない。その時を想うロマンがあります。

想い

この想いを、四十五歳にもなった僕は君に伝えることができるだろうか。出会ったときから想いつづけてきたけれど、これまでも、これからも伝えることはできないのかも知れない。

だから、僕は「想い」を書き続けるだけのことにした。書いた手紙を引き出しにしまうだけのことにした。


三月、君を見送った空港ラウンジの片隅で、背中から突き上げてくる疼く想いをこらえています。

僕は君を愛しています。君は君の人生を生きてください。僕も僕の人生を生きていきます。僕は君の夢を応援することにしました。そして、それが僕の人生の夢です。

君に初めて出会ったとき、指導医の僕に君は産まれてきたことの意味は、死に向かう限られた時間のなかで起こる現象に驚きながら、出会いを大切に、寿命の時を生きることと云いました。

初々しい白衣の下に水玉模様のワンピースを着て黒髪を三つ編みし、外科医をめざして入局してきた君は、まるで傘をさしたメリーポピンズが空から舞い降りてきたようでした。

「現象に驚く」「死に向かう寿命の時間」、このような言葉づかいに初めて出会ったようで、魔法をかけられたように衝撃的でした。

そして、なぜ外科医を志望したのか、どのような医師像を描いているのか、そんな次元で尋ねようとした僕は少し恥ずかしいと思いました。

三年前の六月、僕の誕生日に君を初めて京都洛北の「詩仙堂」に誘いました。

紫陽花が咲く庭に「ししおどし」の響く音、真新しい青竹のしんまいが役割を担って、凹んだ石を打つ、そんな現象に君は驚いていました。

手紙を入れる引き出しに鍵をつけることにした。僕の日常生活を生きる時間と、僕の君への「想い」を書き続ける空間に「鍵」をおくことにした。

気ままに迷う

こんもりと茂った青葉の上を水玉は転げ落ちていく。うすく咲いた紫陽花は、移りゆく花の色のはかなさに耐えながら、昨日とはちがう今日の色をみせて、ささやかな抵抗を物語っている。

引っ越してきた時には、すでに住みついていた蔦も濡れた葉を光らせて、六月の季節が終わろうとする気配を漂わせていた。

こうして窓際に立っていると、濡れた蔦の葉が朝の光に輝いて見えることが、まるで現実の生活とはかけ離れた別の世界での現象のように思われた。

大自然の営みは人間に寄り添っていてくれる。六月の風景は、脈打ち続ける自然の躍動感は、何にも勝る感動を与えてくれた。

けれども刻々と移りゆく時を、まのあたりに受け、広がって、そしていってしまう。そんな流れを意識するかなしさがあった。

何がかなしいのかわからないけれど、ただそう思った。そしてそのかなしみを和らげるかのように紫陽花を見ていた。

紫陽花の咲いているうちは、まだ六月の気分でいられると思いつづけていた。

それはただそれだけのことにすぎなかったが「移ろいでしまう心」があり、「迷う」ことの多いこの頃、何よりも無理なく生きられる季節の安堵感にひたれる朝のひとときであった。

キリマンジャロの豆を手引きのミルでゆっくりと粉にする。サイフォンで朝の珈琲を入れる。ひとくち飲んで仕事を確認する。

今日を流れる仕事の時間を追い、今日会う人話す人を思い、着てゆく服にアクセサリーを合わせる。

決まらない時には、「着てゆく服が決まらない♪」とそんな思いを唄ってみる。

三十五歳になった。この年齢が女性にとって何らかの意味を持っていることがわからないでもなかったが、自分に誠実に向かい合ってきた、逃げないで生きてきたと思える年月は誇らしくて後悔がなかった。

もしかして、ふとした折に、いくつかの残念なことを思い出したとしても、それを乗り越えていける今があった。

人に会い、人と話す、人前に立ち生きることを問う。この仕事を選択し生きている最も自分らしい自分と出会い対峙する。

自分らしい自分と対峙できる自己表現であればあるほど「迷い」はいつもつきまとう。

その「迷い」が、どこからきて、どこまでつきまとうのか知る由もない。不気味な存在で脈打っている。

そして観念的なことではあるが「迷い」というものを能動的な意味でとらえたゲーテの書物にふれることで救われていた。

ゲーテは迷いも、あるいは恋も、生きているしるしである。生きていることには危険が多いが、危険をおかしていることは、発展の途上にあるということであり、死んだように静かに安全にしているだけでは、なにものも生まれないと云っている。

「迷う」という言葉は、ゲーテにおいて使われている頻度が非常に多く、そして、それはいつも「迷い」は困ったものだという負の記号で捉えるのではなくて、迷うから有望なのだという積極的な意味で云われている。

人間は常に迷っている。
迷っている間は常に何かを
求めている。

人は、何かしゃべったとたん
もう自分で、
迷いはじめているものだよ。
その夢を失くして、
生きていけるかで考えなさい。

という言葉がある。このゲーテの言葉をさらに発展して考えると、生きた立場をとるものは、自分自身から、今日は昨日を越えて進みづけるのである。進むことができるのは、昨日に安住せず、自分の立論に対しても、すぐ、それだけではないのではないかと考える心の柔軟性を失わないからである。そして、このように生きるには勇気がいると思う。

醒めてしまった朝の珈琲は苦かった。その苦さが仕事に行く時間を知らせて、ささやかな抵抗は遠のいている。

濡れた葉を光らせていた蔦は、初夏の太陽に照らされようとしていた。輝く朝の光の中に、ゆるやかな命の流れをみせて、うっすらしらみかけた空間から、今日も一日が降りてきていた。

夢に酔う

平成二十八年二月、映画館でみた「人生の約束」で、人生を階段に例えて、「人生の踊り場から過去も未来も見える」と云う一場面に出会う。

表参道を
小さな神輿を担いだこどもが走る
大勢の人で賑わう秋の日
青山界隈の建物を
古美術を丹念に見て歩く
その折々に自分の在りようが

きちんと表現されている
人間性が滲みでてくるような会話に
あなたを愛する人生で
この選択でよかったと
産まれてきたことのよろこびを
生きていくことの嬉しさを
あなたは
明日を約束して教えてくれる
三十年前も今も

これまでの人生のあちこちで誤った道を選択してきているのかも知れない。
振り返ってみて、すべてが完璧であったとはいえないけれど、これからも
そうであろうけれど、その時折々に、自分で何をどのように想い、考え、決

めてきたのか、そのことだけは刻んでおこう。
そして夢を追いかける勇気だけは秘めていよう。

僧都の音に酔う

京都洛北の詩仙堂
石川丈山の隠棲地
一条寺下り松のバス停で降りて
坂道をのぼる
山門をくぐると高く伸びた竹林が
ひんやりとした空間で
わたしを迎えてくれる
人の手が丁寧に入った枯山水の庭と
自然の山がそのまま残っている老木

その下を谷川の水が流れる

冬の日つめたい大気のなか
鮮やかに色めいていた寒椿は谷川に
ひとつふたつと零れ落ちながら
白い雪を葬る
秋去り冬来て
畳一丈を越す光に会えなくなった今
冬と春が交叉した空間に
愛おしいとおもいつづけてきた時を
透かしてみると
白い山茶花が咲く老木から
蜉蝣の一匹迷い込んできて

不思議そうな顔をしている
流れゆく時を見、風を見、陽を見る
人生には地図がないから
どこにゆきたいのか道筋を問う

春の初めの頃
冬のなごりに白い花が春を知らせ
竹林で一株の節分草が咲く
しばらくして
すっかりと春の風が吹くと
山間の老木やもみじの葉が揺らぎ
木々のあいまに山桜が咲く
枯山水の庭に

花びらは楚々として舞い
谷川を流れる
流れる流れる
桜の花びらがながれる
流れる流れる
春がながれる
桜の花びらの絨毯を踏んで
今ひとときの淡い命の残像が流れる

こんもりとさつきが咲いて藤が咲き
あちらこちらに
色とりどりの紫陽花が咲く
水が流れて竹の音が響くと

山アジサイに
凹んだ石から飛び散る雫がかかる
そんな現象に話しかけてみる
どうぞそのまま
移り変わりながら
そのままでいてくださいあなたは
しーんと静まりかえった風景の
その場所で
うすら明るい道しるべとなって

初夏
雨が降ると紫陽花を愛でて訪ねる
山里遠くに僧都の音が

響き渡る庭に佇み
紫陽花の色に心象風景を重ねながら
みようとすることを見
きこうとする音を聴き
生命の本質のきらめきを感じ
生きる根気を大切にしていると
ありとあらゆることと
対峙していると
見えていなかったものが見えてきて
わからなかった心が伝わってくる

あなたからの愛が伝わってくる

秋の日
青い空に紅葉が広がり
庭では色とりどりの一葉が舞う
谷川のわきでは
緑葉のあいまに紅白の水引草が咲く
隣と仲良く重なって風に揺れる

冬春夏秋の時折々に訪ねて
あれこれと考え歩き独り言を話す
つれづれに酔い語り
今日も木々に花に風に水に
生きてきた時の想いを語る

心に積み重ねてきたものが
その人らしさになるのかも知れない

詩仙堂の庭では
未知の現象に
新しい出会いに
はじまりの点を打つように
時を刻む僧都の音に酔う

イラスト／横田詩乃

著者プロフィール
松村 恵子（まつむら けいこ）
香川県立保健医療大学教授。学術博士。

つれづれに酔って候

2020年１月15日　初版第１刷発行

著　者　松村 恵子
発行者　瓜谷 綱延
発行所　株式会社文芸社
〒160-0022 東京都新宿区新宿１－10－１
電話 03-5369-3060（代表）
03-5369-2299（販売）

印刷所　株式会社フクイン

ISBN978-4-286-21205-0